U0065856

國家圖書館出版品預行編目資料

沒毛雞／陳致元 文.圖 -- 第一版. -- 臺北市：
親子天下股份有限公司, 2024.06
40 面；21.5x29.15公分. -- （繪本；361）
國語注音
ISBN 978-626-305-881-1（精裝）

1.SHTB: 社會互動--3-6歲幼兒讀物

863.599　　113005962

繪本 0361

沒毛雞

文圖｜陳致元

責任編輯｜謝宗穎　美術設計｜陳珮甄　行銷企劃｜翁郁涵

天下雜誌群創辦人｜殷允芃　董事長兼執行長｜何琦瑜
媒體暨產品事業群
總經理｜游玉雪　副總經理｜林彥傑　總編輯｜林欣靜
行銷總監｜林育菁　副總監｜蔡忠琦　版權主任｜何晨瑋、黃微真

出版者｜親子天下股份有限公司　地址｜台北市 104 建國北路一段 96 號 4 樓
電話｜（02）2509-2800　傳真｜（02）2509-2462　網址｜www.parenting.com.tw
讀者服務專線｜（02）2662-0332　週一～週五：09:00~17:30
傳真｜（02）2662-6048　客服信箱｜parenting@cw.com.tw
法律顧問｜台英國際商務法律事務所・羅明通律師
總經銷｜大和圖書有限公司　電話：（02）8990-2588

出版日期｜2024 年 6 月第一版第一次印行
定價｜400 元　書號｜BKKP0361P　ISBN｜978-626-305-881-1（精裝）

訂購服務
親子天下 Shopping｜shopping.parenting.com.tw
海外・大量訂購｜parenting@cw.com.tw
書香花園｜台北市建國北路二段 6 巷 11 號　電話（02）2506-1635
劃撥帳號｜50331356　親子天下股份有限公司

沒毛雞

文圖　陳致元

在美麗的花叢裡，
靜靜的躺著一顆蛋。

有一天，
喀啦、**喀啦**，蛋破了！
跑出一隻全身沒有羽毛、
又瘦又小的雞。

是一隻沒毛雞！

風一吹，沒毛雞就著涼感冒了。

沒毛雞的鼻子對花粉過敏，
他不停的打噴嚏。

有一天，
孤單的沒毛雞看見四隻雞走出森林，
他們一身光鮮亮麗，
走路時，頭抬得高高的。
沒毛雞好奇的問：
「你們要去哪裡啊？」
四隻漂亮的雞，頭也不回的說：
「去划船！」

沒毛雞問：

「我可以跟你們一起划船嗎？」

四隻漂亮的雞看了看沒毛雞，回答說：
「喔不！我們不跟身上沒有
漂亮羽毛的雞一起玩！」
他們把頭抬得高高的，往湖邊走去。

沒毛雞很難過，
他含著淚水，
一不小心就被石頭絆倒，
跌入泥巴裡！
他全身沾滿黏糊糊的爛泥巴，
頭上套了一個空罐頭。

一陣強風吹來，

隨著風飛來的葉子和其他東西，

全都黏在沒毛雞身上。

沒毛雞覺得，

自己現在像極了剛剛那四隻漂亮的雞。

沒毛雞模仿他們，把頭抬得很高很高，

往湖邊走去。

四隻雞正在划船，

他們看見岸上的沒毛雞，

大聲讚嘆：

「天啊！從來沒見過這麼漂亮的雞！

那頂帽子真是神氣！」

他們立刻把船划到岸邊，

邀請沒毛雞上船。

五隻雞擠在船上，
熱烈討論著誰最漂亮。
大家紛紛拍動翅膀，展示自己。
沒毛雞聞到四隻雞身上的香水味，
忍不住打了一個**大噴嚏**……

小船突然劇烈搖晃，
五隻雞嚇壞了，
驚慌的跳來跳去。

小船越搖越厲害……

終於，船翻了！
嘩

所有的雞都掉進水裡，
濺起巨大的水花。

湖面恢復平靜後，
慢慢浮出一樣一樣的東西。
第一個浮出水面的是沒毛雞，
原本黏在他身上的葉子全都不見了。
沒毛雞看見自己又變回光禿禿的樣子，
忍不住大叫：「喔，糟糕了！」

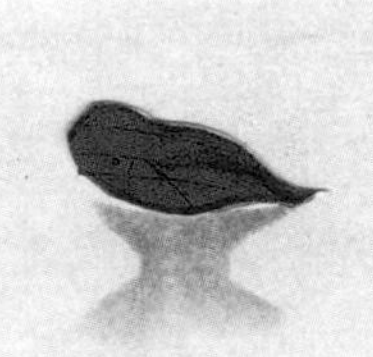

接著，

水面又浮出其他的東西……

竟然出現了一隻、兩隻、三隻、四隻！

總共有五隻沒毛雞！

大家驚訝的張大眼睛，

看著彼此光禿禿的身體。

沒毛雞忍不住笑了出來，
然後一隻接一隻，
五隻沒毛雞「咯咯咯」的笑成一團。

上岸後，大家把身上的水甩掉。

「嘿——」沒毛雞說話了，

「划船真好玩，明天再去划船好不好？」

四隻雞想了一下，說：「好啊！」

說完，五隻沒毛雞一起

往森林走去。